Karl Roth

Bruchstücke aus Jansen des Eninkel's gereimter Weltchronik

Anatiposi

Karl Roth

Bruchstücke aus Jansen des Eninkel's gereimter Weltchronik

Unveränderter Nachdruck der Originalausgabe von 1854.

1. Auflage 2023 | ISBN: 978-3-38201-942-6

Anatiposi Verlag ist ein Imprint der Outlook Verlagsgesellschaft mbH.

Verlag: Outlook Verlag GmbH, Zeilweg 44, 60439 Frankfurt, Deutschland
Vertretungsberechtigt: E. Roepke, Zeilweg 44, 60439 Frankfurt, Deutschland
Druck: Books on Demand GmbH, In de Tarpen 42, 22848 Norderstedt, Deutschland

Bruchstücke

aus

Jansen des Eninkel's

gereimter

Weltchronik,

herausgegeben, ergänzt und erläutert

von

Dr Karl Roth.

Nebst einem Anhange, die Sprüche der Väter
enthaltend.

München, 1854.
Joseph Anton Finsterlin.

Dem

hochwürdigen Herrn

Johann Baptist Prechtl,

kön. Pfarrer zu Unterammergau, und Vereins = Mandatare
für das Landgericht Werdenfels,

hochachtungsvollst geweiht

von dem

Herausgeber.

Bruchſtücke

aus Janſen des Eninkel's Weltchronik.

Erſtes Bruchſtück. [1])

Sieh a) ten Cod. germ. 11. (Pghſ. tes 14. Jh. in Fol., 162
     Bl.), 33. Bl. b.;

b) „ „ „ 250. (Pphſ. tes 15. Jh. in Fol., 286
     Bl.), 57. b.; [2])

c) „ Literariſchen Grundriſe von Hagen und Büſching
     (Berlin 1812. 8.), 248. S.

Einleitung.

Cod. germ. 11., 32. Bl. d.; Cod. germ. 250., 56. Bl. c.

(32. d.) Do moyſes mueter wart gewar,
Daz man die Juden [3]) erſöttet gar,
Die vnder den Juden wurden geborn;
Do wart ir lait vnd zorn.

5. Si ſprach: „owe, ſuͤzzer got,
Seit ich von deinem gebot
Diez ſchoͤn chint han,
Sol ich daz nu verderben lan?
Dez muez mein leip traurich ſein!“

10. Si beraltet dem chint ein ledelein,
Vnd lie [4]) daz chint dar ein ſchir [5]).
Si ſprach: „ez iſt bezzer mir,
Daz ich dich auf daz wazzer leg,
Vnd daz dich got in ſeiner pfleg

15. Hab, dann ich mit noetten
Dich, liebes chint, ſæh toetten.“

Da ſi daz wort vol ſprach,
Die b ten ſi an der tuͤr ſach,
(33. a.) Die Pharao het geſant

20. Allenthalben in daz lant

Vmb der chlainen chindlein tot ;
Div mueter chlagt, dez gie fi not.
M o y f e s wart verborgen
Vncz an den dritten morgen.

25. ein [6]) bot fprach: ,,tuet auf di tür!''
Da het fi ein rigel für-
Geftozzen an derfelben ftunt,
Da ir der chind not wart chunt.
Div mueter weinende nam,

30. Vnd trug ez balde dan
In ein wazzer, daz waz tyef.
Div mueter da engegen lief;
Sie fprach: ,,Awe mir Arme,
Wie luczel ich erbarme

35. Der Almechtigen gothait!
Meines chindes not ift mir lait!''
Die mueter daz chint enbant
Mit ir fchonen weizzen hant.
Do fi ez an erblickt,

40. Ir leip vor laide erfchrickt;
Es waz vil traurich ir muet.
Si fprach: ,,herr got der guet,
Sol ich dich alfus verlan?''
Daz chint lacht div mueter An.

45. Da gewan fi in ir herczen
Vil laides vnd fmerczen;
Si chuft daz chind an den munt.
,,Owe, daz du mir ie chunt
Wurde, daz ift mein grozz not!

50. Sol ich nu fehen deinen tot?''
Sprach fi, ,,liebes chint mein!''
Si bant ez in ein ledelein
Mit manigen haizzen Zæhern [7]) groz.
Daz wazzer ir über di Augen vloz;

55. Da mit fi ez an daz wazzer truech.
Chlagen, wainen waz do genuech,
Von der getrewen mueter fein.

Do ran daz chlain chindelein.
Auf dem wazzer zetal.

60. Div mueter het do manigen fchal
Von wainen vnd von chlagen ;
Si het fich felber nach erflagen.
Dem chinde waz auf dem wazzer gah,
Div Mueter lief im alles nach,

65. (33. b.) Recht in der gebær,
Sam fi an finn wær.
Ab ir warf fi ir mandel guet,
Gúrtel, reifen vnd ir huet.
Si fprach : „owe, chint wolgetan,

70. Sol ich dich nu verlorn han?"
Si fprach : „rofen-varber munt,
Solt ich dich chúzzen towfenftunt! ³)
Awe, der liechten Augen dein,
Súllen die von mir gefchaiden fein !

75. Vnd auch dein wunnichleicher leip!
Ja wæn ich, daz nie dhain weip
Mit ftarcker lieb wurde fo tot ;
Daz twingt mich dez chindez not."
Dez chindez fi nicht mer fach ;

80. Zue der herberg wart ir gach,
Da vant fi iren lieben man.
„Owe, waz ich verlorn han
An meinem chinde, daz ich ftiez
Auf daz wazzer! ich ez liez.

85. Wie vngetrewlichen ich ez han
Lazzen, daz er von mir ran !
Ez manet mich múterleicher trewen,
Daz muez mich immer rewen.
Da ez mich an lachte,

90. Mein hercz vor frauden chrachte u. f. w.

---

1) Die neresheimer Handschrift (Pghf. des 13. Jh. in Fol.,
jetzt zu Regensburg) ward mir verweigert,
2) Die augsburger Handschrift (Cod. germ. 5., Pghf. d.

14. Jh. in Fol., **223** Bl.) enthält vom **131.** Bl. b. an aller=
dings ben en in fel i fch en Text; aber an un fe r er Stelle
(68. Bl. a.) zeigt fich ber Rubolf's von Emé.

3) So beibe Hff.; es muß chint ober chindlein heißen.

4) Pghf. lle (b. h. ließ), Pyhf lät (b. h. läfft), Beibes
falfch; es muß leit (b. h. legte) heißen.

5) So beibe Hff. ft. fchier; man fieht, Eninfel war fein
Wiener, fonbern ein Meisner ober Düring. Bergl.
unten (15. S.) ben 33. B.

6) Das **e** fteht von fpäterer Hanb auf abgefchabtem Grunbe:
es follte Ein heißen.

7) Pghf. Zæher, Pyhf. zachern.

8) So bie Pghf., l. toufent ftunt, b. h. 1000mal.

I.

Cgm. 199.

(1. a.) **Da ez mich an** [1]) **lachte,**
Min herzze vor leide chrachte.
Awe [2]), **daz ich ie wrde geborn!**
Alfo han ich ez verlorn!"

5. **Da chlagten fi do chlegelich,**
Daz ir chlage niht gelich
Seit *) **noch ê wart gefehen,**
Des mvez ich von fchulden iehen.

[D]annoch furt der ftarck wint
10. **daz vil chleine ivden-chint**
gegen einer burge fchone,
Da des chuniges pharaone
Frowe [3]) **ovffe gefezzen was.**
Wnder was, daz ez genas!

15. **[D]o gie** [4]) **ovch die chvniginne**
auf der burge ovf die zinne;
daz chint fi weinen hort.
Si fprach: ,,was fwebet dort

Daz da fvret der wint?"

20. Ein ivnchvrowe fprach: ,,ez ift ein chint;
Daz hoer' ich an der ftimme fin,
Daz ez ift ein chindelin.

[D]a hiez die vrowe fpringen,
einen vifcher ir bringen⁵).

25. da fi den vifcher ane fach,
Vil gvetlich fi wider in fprach:
,,Vil edeler vifchere,
Bringe⁶) mir ane fwere,
Daz ich fihe dort rinnen,

30. Mit allen dinen finnen!
Dar vmbe fol der mandel min
Din lon, vnd dines wibes fin,
Vnd die gurtel alfo gvet;
Nv habe ez fchone in diner hvet!"

35. [D]o der vifchere
erhort dife mere,
do eilte⁷) er an der ftat
Zv finem fcheffelin⁸) vil drat,
Vnd fur dem chinde zv

40. (Daz was an dem morgen frv),
(1. b.) Vnd vie daz chint zehant.
Vnd furet ez an daz lant,
Vnd trvech ez der chvniginne.
Da gab fi im ze minne

45. Den mandel vnd die gurtel gvet;
Des wart gevrowet fin mvet.

|Bild|

Die vrowe dem chinde loft die bant.
Sie fprach: ,,mir ift daz wol bechant.

Daz ditz chleine chindelin

50. Einer edelen vrowen wol mach fin."
Da fi daz chint entackte⁹),
Daz chint die vrowen an lachte
Vil guetlich, als got wolde,
Vnd als ez wefen folde.

55. [D]o daz die vrowe erfach,
wider ir gefinde fi do fprach:
„Seht, wie ez mich an lacht¹⁰)!
Mir manige vrevde ez macht¹¹)
Offenbar vnd ftille;

60. Daz ift mines herzzen wille.
Daz weiz ich ficherlichen wol.
Daz chint ift aller eren vol."
Ez was fnê-weiz gevar,
Dar vnder fam die rofen gar;

65. Alfo was ez befvnder.
Des nam die vrowe wnder,
Daz ein fo fchonez chindelin
Het verlan die muter¹²) fin.
(l. c.) Sie fprach: „ich wil nach vrowen reht

70. Heizzen zihen¹³) difen chneht;"
Vnd hiez zehant ein ammen gan
Zvo dem chinde wolgetan.

[Z]v den ziten do her pharao
verderbet elle¹⁴) chindel do,

75. die in dem lande warn geborn;
wanne er het gegen dem chinde¹⁵) zorn.
Daz was niht ein wnder.
Der heiden chint befvnder
Liez er ellev genefen,

80. Die ivden mvften tot wefen;

Wanne er het den gedanch,
Vber churtz vnd vber lanch
Von wem er den tot folt chyefen,
Vnd daz leben verliefen,

85. Den totte man dar vnder.
Da von hiez er befvnder
Die ivdel ellev toeten
Mit vil grozzen noeten.
Da mit er zue der vrowen gahet.

90. Do er der [16]) burch nahet,
Vnd in die vrowe ane fach;
Gegen im ze gen was ir gach.
Wanne fi in vil fchon enphie;
Mit armen fi in vmbe vie,

95. Vnd gab im ze minne
Ein chuffen, die chvneginne
Von irem rofen-varwen mvnt,
Vnd tet dem chvnige chvnt,
Daz fi ein chint het fvnden,

100. Daz wer fchone gebvnden
In ein fchonez ledelin,
Daz wolt fi ziehende [17]) fin.

[P] harao zve der vrowen fprach:
„wie chlegeftv [18]) minen vngemach?

105. mir hat iofeph gefeit [19]) fur war,
vor minen herren offenbar,
Daz ich den tot fol chiefen,
Vnd minen lip verliefen
(l. d.) Von einem chleinen ivdelin,

110. Daz fol der ivden herre fin.
Nv han ich mit noeten
Die ivdel heizzen toeten.‟
Si fazzen nider [20]) an daz gras.

Der vrowen die rede leit was;

115. Si fprach: ,,wiltv dem travmer
Gelovben? der ift ein effer!
Dar zve fint dine finne guet,
Dehein ivde dir niht entvet,
Wanne fi din diener nivezzen fin.

120. Vnd warten der genaden din;
Seit dv fi haft gevangen.
Ez ift dir wol ergangen.
Jofeph mach dir gefchaden niht,
Wanne er ift ein bofer wiht;

125. Da von fo vorhte niht fin dro,
Vil lieber chunich pharao!
Wanne fin mach werlich 21) niht gefin.''
Si fprach: ,,bringt mir daz chindelin!
Siner fchone ich nie gelich fach.''

130. Pharao ovz zorne fprach,
Do man daz chint fur fi trvech:
,,Ich fpriche, ez ift fchone genvech,
Des mach ich ez niht geniezzen lan.''
Daz chint fi beide lachet an.

135. [D]a fprach die chuneginne:
,,vil liebez chint, din finne
die fint leider chlein;
wan daz din herzze ift rein,
Vnd frvm an allen dingen.

140. Sol im miffelingen,
Daz mvez fin immer die chlage min;
Da von min herzze mvez trovrich fin.''

[D]o daz der chunich pharao erfach,
ovz grozzem zorn er do fprach:

145. ,,wol hin, totet daz chint zehant!

ich nem fur ez niht ein lant,"
Sprach der chunich pharao [22]);
,,So mach ich immer werden vro."...

I.

1) Diefes **an** fehlt, muß aber ftehen; vergl. den 52., 57. u. 134. B.

2) Sollte **Owe** heißen; der Schriftmaler zeichnete hier ein rothes **A** (ft. O) ein. Im 13. Jh. fagte man **owe**, im 14 u. 15. Jh. **awe**.

*) So die Hf. ft. **Sit**; vergl. die 7. Anm.

3) Auch hier ift ein rothes **F** (ft V) eingezeichnet; unfere Hf. bietet nur **vrowe**.

4) Hf. fehlerhaft **ich**; Pghf. **Ituent**, Pphf. **gie**.

5) Das letzte **n** ift von derfelben Hand aus **r** berichtigt.

6) So die Hf. ft. **Brinc**, wie anderswo.

7) So die Hf. ft. **ilte**; wir bekommen folcher Fälle noch mehr. Unfere Hf. warb alfo nach dem J. 1280 gefchrieben.

8) Kann auch **fchiffelin** heißen; die Stelle ift abgerieben.

9) So die Hf. ft. **entachte**, d. h. **aufdeckte**.

10) Hf. finnwidrig **lachte**; die andern beiden Hff. bieten mit Recht **lacht: macht**.

11) Hf. **mahte**, fieh oben.

12) Vielleicht ftand **muter da**; die Stelle ift gänzlich abgerieben.

13) So die Hf. ft. **ziehen**, den Lautverhältniffen der mittel= deutfchen (d. h. düringifchen und oftfränkifchen) Mundart ge= mäß; doch vergl. unten (102.).

14) So die Hf. **hier**; unten (79. u. 87.) fteht **ellev**.

15) So die Hf. irrig; l. **gegen den Juden**, was auch die Pphf. bietet. Die münchner Pghf. hat: **gegen den chinden**.

16) Hf. **den**, Schrbf.

17) Vergl. die 13. Anm.

18) Man merke fich diefen Umlaut; er gehört nicht nach Wien. In Buchen lebt er noch.

19) Hf. ,,fur war ,,gefeit, Schrbf., aber noch von derfelben Hand berichtigt.

20) Hf. **nieder**, Schrbf.

21) **werlich** (ft. warlich) gehört nicht nach Wien, fondern an den Mittelrein, nach Buchen und Düringen.

22) Die beiden letzten Verse fehlen in der münchner Pghf., nicht
aber in der Pyhf.; diefe ward alfo nicht von jener abgefchrieben.

Fortfetzung.

Cod. germ. 11., 34. Bl. a.; Cod. germ. 250., 58. Bl. b.

(34. a.) Do fprach div kûniginne:
„Du folt dir lan zerinne [1])
Deines zorns durch den willen mein;
Daz wil ich immer dienent fein.‟

5.   DEr chunich auz zorn fprach:
„Ja wæn' ich, dir fei vngemach,
(34. b.) DAz ich lenger leben fol;
Vnd wirt daz chint eren vol,
So muez ich lan daz leben mein,
10.   Da von fo muez ich traurich fein.
Ich wæn', ich fei dar zue geborn,
Daz ich daz leben fol han verlorn.
Von im fo wirt dir, vrowe, lait;
Wan daz hat mir Jofeph gefait.
15   Nu gedench, Chîniginn, dar an,
Daz dir nie ern bei mir zeran.‟

Die kuniginn fprach: „daz waicz ich wol.
Dein leip ift gen mir trewen vol;
Daz la hevt fcheinent fein,
20.   Vnd lazz mir leben dicz chindelein!‟

DEr chunich fprach: „ich wil mich wol
Bedenchen, als ich fol,
Gegen im, mein vil liebes weip.
Ich wil im lazzen feinen leip,
25.   Ob ez di halden an gehort;
Von dem leben ez nieman ftôrt.
Ift aber ez von Juden-Art,
So wirt nicht lenger gefpart,
Ez muez mir lan den leip fein.
30.   Daz vil chlain chindelein!‟

Div fraw traurichleichen fprach,
Wan ir div red waz ein vngemach:
„Wer chan daz wizzen alfo fchir 2)?
Ez chom gerunnen her zue mir,
35. Do hiezz ich balde gahen,
Vnd mir daz chindlein vahen;
Da von ez niemant wizzen chan,
Wen ez ze recht gehör an.“

Do fprach der chunich pharao:
40. „Ez mag ergen nicht alfo!
Ift ez 3) ze recht ein Judelein,
So muez ein zaichen an im fein,
Da bei ich ez erchenne.
Daz zaichen ich ew nenne:
45. Ift ez befniten, fo muez ez fein
Zwar ein rechtes Judelein;
Vnd ift dez zaichens an im nicht,
So hat ez mit den haiden phlicht,
So wil ich daz chint lan leben
50. An aller hant wider ftreben.“
Er fprach zue feinem chnebt:
„Du wærd mir ie gereht 4),
(34. c) Vnd behielt an mir die trew dein;
Dez wil ich dir lonent fein.
55. Nu wil ich dir enphelhen mer
Auf dein trew vnd auf dein er:
Befich, ob dicz chindelein
Ein haiden müge gefein,
Oder ob ez fei ein Juden-chint!
60. Ich mach dich an den Augen blint,
Sageft du mir nicht div warhait,
Als ich vor han gefait.“

Do der chnecht erhort
Dez küniges zornigiv wort;
65. Daz chint er an den Arm fwanch,
Vnd trueg ez hin nicht vil lanch,

Vncz er daz zaichen an im ſach [5]).

Wider den chunich er do ſprach

Mit lieblichen ſiten:

70. „Daz chint iſt beſniten!“

DO daz der chünich erſach [6]),

Aus grozzem zorn er do ſprach:

„Wol [7]) von mir, du ſol [8]) gahen.

Daz chlain chindlein hahen!

75. Oder ich hah dich an ſeiner ſtat,

Vnd eileſt du von mir nicht drat!“

---

1) Pghſ. zer inne; Pyhſ. zurinn. Der Wegfall des **n** iſt für das 13. Jh. ſchon auffallend; vergl. übrigens den 16. V.

2) Vergl. oben (5. S.) den 11. V.

3) ez fehlt in der Pghſ., muß aber ſtehen.

4) Der 51. u. 52. V. ſtehen in der Pghſ. auf einer Linie.

5) ſach iſt in der Pghſ. aus früherem vant berichtigt, doch von derſelben Hand.

6) So die Pghſ.; die Pyhſ. hat offenbar richtiger: erhort vnd ſach.

7) So die Pghſ.; Pald Pyhſ.

8) Lies ſolt, wie oben (2. V.); auch die Pyhſ. hat hier ſolt.

Zweites Bruchſtück.

Sieh a) den Cod. germ. 11., 37. Bl. c.;

b) „ „ „ 250, 62. „ h.

Einleitung.

Cod. germ. 11, 36. Bl. d.; Cod. germ. 250., 61. Bl. c.

(36. d.) **N**u lazz wir div rede ſtan,

Vnd greiffen zue pharaonem an,

Vnd ſagen, wie Moyſes von im ſchiet.

Als in ſein weiſhait riet.

5. Div vart wart Pharaoni geſait.

Daz waz im ein herczen-lait,

Daz im wart von im bechant,

Daz er waz in der Juden lant

Herr vber iudifchiv diet,

10. Als im Jofeph fait vnd riet,
Daz er von einem Jüdelein
Verliefen folt den leip fein.

DIv red wart dem chünig lait.
Do er gefach div warhait,

15. Vil fchier er zue der frawen gie;
Div fraw in lieplich enpfie.
Er fprach: „la dein enphahen fein!
Du bæt mich vnd div tochter mein,
(37. a.) DAz ich m o y fe n liez genefen;

20. Nu fürcht ich, ich muez tot wefen.
Daz mir Jofeph hat gefait,
Dar an fich ich div warhait,
Seit im di J u d e n fint vndertan;
Da von muez ich daz lehen lan.

25. Dez mueft du erfterben,
Vnd von mir verderben;
Wan ich waiz ficherleichen wol,
Daz ich den tot von im dol.“

Div fraw traurichleichen fprach

30. Auz irem grozzen vngemach:
„Herr, daz ich han getan,
Da ift mein leip vil fchuldich An;
Doch tet ich ez in trewen.
Sol mich daz nu gerewen,

35. Daz ftet an den trewen dein;
Wilt du, fo muez ich fchuldich fein.“

DO fprach der chunich p h a r o †):
„Ich wil dir tuen dhain dro
Hie zue difen zeiten;

40. Ich wil noch lenger beiten,
Bis ich div warhait ervar
Von m o y fe n, ob ez fei war“

DO der herr von ir gie,
Div fraw lait vnd zorn gevie;

45. Si fprach: „moyfes, liebs chint,
    Dein trew ift gen mir worden blint!
    Sol ich meinen leip vmb dich geben?
    Ich behielt dir doch dein leben,
    Ich vnd div lieb tochter mein!

50. Ich gab dir gwant aus meinem fchrein,
    Daz beft, daz ie man getruech.
    Ich half dir, daz man dich nicht fluech,
    Vnd dich nicht totte, do man dich vant;
    Do ich den Vifcher nach dir fant,

55. Do pflag ich dein mit trewen.
    Sol mich daz nu gerewen,
    Daz ift mir doch ein grozz not!
    Sol ich nu für dich ligen tot?
    Mein wainen, daz ich vmb dich tet,

60. Vnd dar zue mein getrewes gebet,
    Daz ich an dir verliefen fol,
    Dez ift mein hercz laides vol.
    Ich chniet für meinen lieben man,
    Do man dich ertoett wolt han,

65. (37. b.) Vnd viel im¹) an den fuez fein,
    Ich vnd die lieb tochter mein;
    Dar zue mein hofgefinde,
    Daz bat²) vmb dich vil fwinde.
    Ich chom von feinem fuezz nie,

70. Bis mein will an dir ergie.
    Sol ich nu, liebs chint, div not
    Von dir enphahen, vnd den tot;
    So gan ich dir doch fräuden wol,
    Vnd daz dein leip fei ern vol.

75. Swie halt ez mir full ergan,
    Er vnd fräude müzz bei dir beftan;
    Vil verr ge dir dein gewalt,
    Mit frävden mueft du werden Alt!‟

    Div chlag wart moyfen gefait.
80. Der frauen chumber waz im lait.
    Zehant er einen boten fant
    Zue Pharaonem in daz lant.

Er ſprach: „ſag der frawen mein,
Daz ſi ſælich mŭzz ſein;
85. Als ir ſelbers [3]) willen ſten,
Alſo mŭzz ez ir ergen!
Si hat mein ſchon gehŭttet,
Vnd hat mich ſchon gebrŭttet.
Recht als ein huen ir hŭnelein
90. Hat vnder den Vetachen ſein
Gezogen vnd gebrŭttet;
Alſo hat ſi mein gehŭttet.
Ich waiz gebreſten an ir nicht [4]),
Wan daz ſi nach der Juden ſit
95. Laider nicht enlebt,
Wan ſi do wider ſtrebt.
Got la dir ez enpholhen ſein,
Vnd bite ſi durich den willen mein!
Si leg dar zue ir ſinn,
100. Daz ſi mir huld gewinn
Wider den chŭnich Pharao;
Wann ich furcht hart ſein dro.
Vnd wil er ſein zŭrnen lan,
So wil ich gern zue im gan.‟
105. Der bot zue der frawen gie,
Die fraw in lieplich enpſie.
Der bot ſprach: „fraw reich [5]),
Dir enbewtet ſich erlich [6])
Moyſes, der getrew chnecht!
110. Er gicht, ſein dienſt ſei dir gerecht,
(37. c.) Sein trew zue allen zeiten,
Baldiv nahen vnd weiten;
Vnd ſwaz er ie gewan,
Daz ſei dir als vndertan;
115. Sein leip ſei dir ze dienſt geben.
Er gicht, daz er ſein ſelbers [7]) leben
Von deinen genaden wider gewan;
Da von wil er dir vndertan
Weſen vncz an ſeinen tot,

2 *

120. Seit du im huift auz grozzer not.
Dar zue bittet er dich mer,
Daz du dein trev, dein Er
An im lazzeſt für gan;
Hab er dem chůnig icht laides tan.

125. Daz er daz durich den willen dein
Lazz von dem herczen fein.
Er mant dich, fraw, dar an,
Daz er dir aller ern gan;
Wan er gicht, daz er, fraw, nie

130. Deinen willen über gie.

Die fraw zůchtichleichen ſprach:
,,Ich han von Moyſen vngemach
Erliten, vnd manigen zorn;
Mein leben het ich nach verlorn.

135. Noch waiz ich nicht, wie ez erge,
Ob ich noch lebentlich beſte;
Doch wil ich,'' ſprach div kůniginn,
,,Dar zue legen all mein ſinn,
Ob ich im mueg huld

140. Gewinnen vmb fein vnſchuld.''

Do gie die chůniginn do
Für den chůnich pharao;
Si ſprach: ,,herr vnd lieber man,
Sol ich daz ⁵) vrlaub von dir han,

145. Daz ich in zuchten ſprechen ſol?''
Er ſprach: ,,ich gan dir fein wol.'' —
,,Lieber herr, ſo bit ich dich,
Daz du in hulden horeſt mich'' u. ſ. w.

---

†) So die Pghſ. ſt Pharao; in der Pphſ. fehlen hier 6 Verſe.
1) Hier ſteht in der Pghſ. dc (d. h. den), iſt aber als Schrbf. durchſtrichen.
2) Pghſ. hat, Schrbf.
3) So die Pghſ., ſelberz Pphſ.; es muß ſelbes heißen. Vergl. den 116. V.

4) So beibe Hff. ft. nit.

5) So beibe Hff. ft. rich, wie gewöhnlich.

6) ficherlich Pghf., ficherleich Pphf.; Beides finnlos.

7) felb's Pghf., felberz Pphf.; vergl. ben 85. B.

8) So bie Pghf. ft. des; Pphf.: „Sol ich dacz dir han."

II.

(2. a.) „Lieber herre, fo bite [1]) ich [2]) dich, *lgm.* 199

Daz du in hulden horeft mich.

Moyfes hat zue mir gefant,

Miner [3]) treuwen er mich mant,

5. Daz ich in gezogen han.

Er bitet [4]) mich, herre vnd lieber man,

Daz ich im hulde gewinne;

Er welle dar zue fin finne

Fleizzechlichen cheren,

10. Daz er dich welle eren,

Vnd welle [5]) wefen vnder tan.

Nv gibe [6]) im hulde, lieber man,

Ja wolt er zue dir alfo gern,

Woldeftu mich, herre, gewern."

15. [D]o fprach der chunich ovz zorn:

„daz ich den lip het verlorn,

daz fehet ir herzechlichen gern.

So iwer ovgen mvezzen fwern [7])

Avz [8]) euwerm chopphe [9]) an dirre ftat,

20. Iuwer lip gegen mir niht triwen hat."

[D]az erhort ein heidenifcher man;

er fprach: „die rede ich ev niht gan,

vil edel chunich riche!

Ir redet niht witzzechliche,

25. Vnd feit doch gar ein witzzich man;

Ir fult die rede varn lan!

Welle moẏſes zue ev gahen,
Den ſult ir wol enphahen,
Vnd horet, vmbe welch ſchulde
30. Er verlorn habe din [10]) hulde.
Als ir ſin rede hoeret
(Dar an ev nieman toeret),
Ir horet an ſiner rede wol,
Ob er iſt gegen ev treuwen vol.‘‘

35. [P]harao der chunich ſprach,
do er geſach den vngemach
an der chuneginne:
,,Liebe, ſchöne minne,
Haſtu iht leides von mir,
40. Daz wil ich alſo gegen dir
(2. b.) Dienen, daz ich din hulde
Gewinnen [11]) vmbe min ſchulde.‘‘

[D]ie vrowe ſprach: ,,die ſchulde din
die wil ich lazzen varende ſin,
45. daz dv moẏſen, lieber man,
Lazzeſt dine hulde han.‘‘

[E]r ſprach: ,,vrowe, daz ſi getan!
heiz mir den boten her gan!‘‘
do der bote fur in gie,
50. er ſprach: ,,war vmbe oder wie
Hat dich moẏſes her geſant
Zve mir in ditz lant?‘‘

[D]es antwrtet er mit ſinne:
,,zve der chuniginne
55. bin ich ein bot geweſen,
daz ſi im helfe geneſen,
Alſo, daz ſi mit ſinne
Im hulde gein ev gewinne;

Des wil ich vleizzechlichen gern,
60. Min vrowen fult ir gewern.''

[D]o fprach der chunich an der ftat:
„des mich min vrowe gebeten hat,
daz wil ich allez varn lan.
Hat moyfes iht gein mir getan,
65. Chlein oder groz fchulde,
Dar vmbe habe er min hulde!
Die [12]) fchulde gibe ich mit finne
Der werden chuniginne.

[D]o der bote vernomen het
70. die rede, die der chunich tet;
do gic er bald zehant
Do er hern moyfen vant.
Dem fagt er die mere,
Wie er geleret were
75. Vor dem chunige pharao;
er [13]) folt niht vorhten fin dro.
Die chuniginne hat ez an wan
Vmbe fine fchulde hin getan.

[D]o moyfes vernomen het
80. der vrowen chlage vnd ir bet;
(2. c.) Er gedaht, ich wil des niht enlan
Ich welle zve miner vrowen gan,
Wanne fi mir daz leben min
Behielt, der diener wil ich fin.
85. Ich pin ir diener immer,
Von ir fo chvm ich nimmer;
Daz hat fi verfchuldet wol,
Ir lip ift ganczer treuwen vol.
Got gebe ir fchir [14]) ivdifche e,
90. Von ir fo chvm ich nimmer me.

I<small>N</small> churtzzen ziten dar nach
Gotes ftimme wider in fprach:
„Moÿfes, du folt gen zehant
Vil balde in egÿpten-lant,
95. Vnd fage dem chvnige pharao, [15])
Daz er lazze fin bofe dro,
Vnd diene der helegen [16]) gotheit;
Tv er des niht, daz werde im leit,
Vnd verliefe vmbe fin fchulde
100. Des reinen gotes hulde."

[**D**]o moÿfes do erhort
der ftimme reine wort;
do fuer er in egÿpten-lant,
Do er die chuneginne vant.

105. [**D**]o in die chuneginne erfach,
wie gvetlich fi wider in fprach:
„moÿfes, lieber frevnt min,
Dv folt von mir enphangen fin!
Ich zoch dich ie als min chint,
110. Min ovgen mir vil dicke fint
Naz worden von den fchulden din;
Dv chundes nimmer lieber fin
Einer chuneginne.
Ich het zve [17]) dir minne,
115. Daz ich dir hiez bereiten hat,
Beide frv vnd fpat,
Mit wrtzen vnd mit rofen.
Mit dir fo chonde ich chofen,
Vnd dir vreude machen
120. Mit maneger [18]) fvezzen fachen.
(2. d.) Ich fneit dir fiden gewant,
Daz befte, daz ich veil vant;

Vech, vedern, hermin
Gap ich dir fchon ovz minem fchrin.
125. Sol ich daz nv han verlorn?
Daz ift mir leit vnd zorn!
Sage, wie biftu gefcheiden
Von mir, vnd von den heiden,
Vnd von dem chunige pharao?"
130. Er fprach: ,,ich vorht des chuniges dro,
Er ift ein zorniger man;
Da von vloch ich den zorn dan."

[D]o fprach die chuneginne:
,,ich wil mit minem finne
135. werben vmbe den herren min,
Daz er dich lazze hie bi mir fin,
Seit ich dich han gezogen fchon.
Ich wnfche dir dicke, daz dv die chron
Trvgeft vber alle lant gemein,
140. Wan ich dir gan der eren ein."

[M]it der rede wifet fi in do
fur den chunech pharao.
do fi den chunich erft ane fach,
wider in fi lieblichen fprach:
145. ,,Awe [19]), lieber herre min,
Ich han ovf die gnade din
Braht fur dich minen lieben chneht;
Nv tv im wol, des haftu reht."

[D]o fprach der chunich pharao:
150. ,,min vorht, min rede vnd min dro
Solt er niht geflohen han!
Ich hiet im werlich [20]) niht getan,
Seit er ift, liebe vrowe min,
Her [21]) chvmen ovf die gnade din,

155. Frowe [22]), in vnſer beider lant.

Wie er den heyden in den ſant

Grvebe, daz wart mir wol geſeit;

Doch [23]) ſol im dehein leit

Von mir nimmer geſchehen,

160. Des wil ich vor ev allen iehen.‘‘... [24])

II.

1) Hſ. biete, Schrbſ.

2) ich fehlt in der Hſ.

3) Hſ. fehlerhaft **Siner**; der Schriftmaler hat nämlich irrig ein blaues **S** eingezeichnet.

4) Hſ. bietet, Schrbſ., wie oben (1.).

5) Die Pghſ. ergänzt hier dir.

6) So die Hſ. ſt. gib; vergl. den 67. V.

7) Der 19. u. 20. V. fehlen in der Pghſ.

8) So die Hſ. ſt. Ovz, vergl. den 15. V.; das rothe **A** gehört dem Schriftmaler.

9) choph (für Kopf) ſagte im 13. Jh. weder ein Schwabe, noch ein Baier, alſo auch kein Öſtreicher; es gehört Oſt= franken und Düringen an. choph hieß damals in Süd= beütſchland ein Becher; für Kopf ward houbet gebraucht. Eninkel war kein Öſtreicher von Geburt.

10) So die Hſ. ſt. iwer; die beiden andern Hff. haben ewr.

11) So unſere Hſ. ſt. Gewinne; die Pghſ. hat Gewinn, die Pphſ. Gebinn.

12) Hſ. Der, Schreib= oder Leeſehler; vermuthlich ſtand Dev in der Vorlage. — Div Pghſ., Die Pphſ.

13) Hier iſt ein doppelter Fehler in unſerer Hſ., welche **D**er bietet; das eingezeichnete blaue **D** iſt nämlich falſch, und das ſchwarze er iſt auch falſch; es hätte nur ein **r** daſtehen ſollen, vor welchem ein **E** zu ergänzen war. — Er Pghſ. u. Pphſ.

Das unterſte Drittel dieſer Spalte iſt übrigens ſehr durch= löchert und verletzt.

14) Vergl. oben (8. S.) die 5. Anm.

15) Der 95.—100. V. einſchl. fehlen in der Pphſ.

16) So die Hſ. ſt. h e i l i g e n, nur Schrbf. (wie es ſcheint), nicht plattdeütſch.

17) Hier iſt in der Hſ. ein B u ch ſta b e ausgekrazt.

18) So die Hſ. — „Mit m a n i g e n ſlizzen ſachen" Pghſ. u. Pphſ.

19) Hier iſt wieder ein rothes **A** (ſt. O) eingezeichnet; vergl. oben **I. 3.**

20) Vergl. oben (13. S.) die 21. A n m.

21) Hier iſt irrig ein blaues **D** (ſt. H) eingezeichnet.

22) Auch h i e r ſollte ein rothes **V** (ſt. F) ſtehen; vergl. I. 13. — Ebenſo oben (9. V.).

23) Hier iſt wieder irrig ein blaues **N** (ſt. D) in die Hſ. eingezeichnet.

24) Dieſe **4.** und letzte Spalte iſt nur wenig abgerieben, und gut zu leſen; die **3.** Spalte aber iſt unten durchlöchert, und theilweiſe ſehr beſchädigt.

Fortſetzung.

Cod. germ. 11., 38. c.; Cod. germ. 250., 63. b.

(38. c.) **D**Ez dancht div küniginn do,
ſi ſprach: „lieber herr P h a r a o,
Du haſt mir nie ſo lieb getan;
Für war ich dir daz ſagen chan."[1]

5. **D**O der frawen red geſchach,
M o y ſ es wider den chünich ſprach:
„Sol ich, herr, in den hulden dein
Dir ein botſchafft ſagent ſein,
Die got dir enboten hat,
10. Vnd dez heiligen gæſtes rat?"

DEz antwurt im do P h a r a o:
„Du ſolt div botſchafft nit durh dro
Lazzen, du ſageſt mir
Div botſchafft von got vil ſchir[2].
15. Wo er ſei, oder ſein reich,
Daz er ſo gewaltichleich
Dir enbivttet ſeinen gruez;
Da von ich werlich[3] wizzen muez

Sein reich vnd fein lant,
20. Daz muez mir werden bechant."

DEz antwurt Moyfes zehant:
„Ich wil dir tuen bechant
Sein lant vnd fein reich,
Da er inn gewaltichleich
25. Siczzet, vnd immer haben[4]) muez;
Seines gewaltes wirt nimmer buez.
Er ift weiz vnd ftarch,
Vil finnich vnd vil charck
So hoh hat er gebawen fein lant,
30. Zwar daz dhain weigant
Im ez an gewinnen mach,
Weder bei nacht, noch bei tack.
Sein gewalt für den himel get,
Da fein reich inn ftet;
35. Wan in dem himelreich
Siczzet er ewichleich.
(38. d.) Div Erde ift im auch vndertan;
Wan nieman fo vil frumchait chan,
Er müzze vnder im fein.
40. Daz hab auf der[5]) trew mein.
Wan wazzer, Perg, velt, walt vnd tal
Warttet im allez vber al;
Elliv hercz erchennet er wol,
Wan er ift aller tugent vol.
45. Vntrew vnd trew,
Frævde vnd rew
Erchent er allez vber al;
Sein parmung hat nicht zal.
Vil manigem geit er guet,
50. Der nach feinem willen tuet,
Vnd geit im ewichlich
Sein werdes himelreich;
Daz ift beraittet alfo wol,
Wol im, der da wonen fol.

55. Ich wil ew fagen für war
Div warhait an zweifel gar.
Sein haus gebawen ift gemain
Mit golt, mit gimm vnd geftain.
Daz nie fo edels wart gefehen;

60. Dez muez ich von der warhait iehen.
In feinem haus hat nieman fwer,
Daz ift nicht ein lug-mer;
Im ift nicht dhain hohuart bei,
Swie gar er vber di werlt fei

65. Gewaltich gar an aller ftat.
Sein gothait manich tugent hat.
Er ift auch an mazzen guet,
Dhainen gewalt er nieman tuet.
Silber, golt, geftaines vil

70. Geit er, [6] fwem er ez geben wil.
In feinem reich ift er fo frum,
Daz nieman dar inn hat dhainen fiechtum.
Er ift ein herr an aller ftat.
Sein gothait manich tugent hat;

75. Wan fwer im wol getrawet,
Dem felben er willichleichen bawet
Ein haus vnd ein reich,
Daz er gewaltichleich
Mit fräude dar inn ficzzen fol

80. (Daz waiz ich von der warhait wol),
Vnd ewichleich frävd hat
An aller hand miffetat.''

---

1) Alles Folgende fehlt in unferer Pphf., indem der dort ftehende
Text aus Rudolf von Ems genommen ward; er findet fich

a) im Cod. germ. 5., 69. Bl. b.;

b) „ „ „ 578., 61. „ „ .

2) Vergleich oben 5. S., 11. B.

3) „ „ „ , 12. „ , 127. „ .

4) So die Hf. ft. wefen oder wonen.

5) So die Hf. ft. dev oder div (vielmehr die).

6) Hier fteht in der Hf. ez, welches ich als Schrbf. tilgte.

Schlussbemerkung.

Obige beiden Bruchstücke entdeckte vor einiger Zeit Hr. Prechtl, Pfarrer zu Unterammergau, an der Decke einer alten Kirchenrechnung daselbst, löste sie ab (aber nicht kunstgerecht), und sandte sie nebst einem Schreiben vom 25. März l. J. als Geschenk an den hiesigen Geschichts-Verein, von welchem sie der Verfasser dieser Zeilen durch Hrn. Kustos Föringer am 28. April zur Entzifferung und Bekanntmachung erhielt.

Mit welcher Mühe und Sorgfalt er sich dieses ehrenden Auftrages entledigte, zeigt dem Sachkenner vorstehender Abbruck; auch ergibt es sich aus der sogleich anzuzeigenden Beschaffenheit dieser Blätter.

Es sind nämlich 2 Pergament-Blätter vom Ende des 13. Jh. in 4., 2spaltig, die Spalte (wo kein Bild ist) 40 abgesetzte Verse enthaltend, deren Anfangs-Buchstaben abwechselnd roth oder blau sind; die Abschnitte fehlen (biß auf 2, welche roth sind), es ward aber dafür durch Einrückung dreier Zeilen leerer Raum gelassen; die Schrift ist überaus stark und deutlich, doch zeigen sich hie und da Sprach- und Schreibfehler, welche aber berichtigt und in den Anmerkungen angezeigt wurden.

Was die Beschaffenheit unserer Blätter betrifft, so ist diese leider nicht die beste; denn letztere sind mehrfach durchlöchert und abgerieben, auch wurden bei der Ablösung derselben einzelne Buchstaben und Wörter mit abgerissen oder undeutlich gemacht, welche herzustellen ohne Hülfsmittel nicht möglich war. Diese bot mir bereitwillig Hr. Bibliothekar Krabinger, welcher mir die beiden hiesigen Handschriften (Cod. germ. 11. u. 250.) zu bequemem Gebrauche lieh, und mich dadurch in den Stand setzte, einen buchstäblich-genauen Abbruck zu liefern, und dem Bedürfnisse der Sprachforscher vollständig zu genügen. Auf die neresheimer Handschrift mußt' ich leider verzichten!

Die Handschriften der deütschen Weltchroniken überhaupt, und die unseres Eninkel insbesondre, sind mit vielen Bildern geziert; unsere Blätter enthalten aber nur eines, welches auf der 2. Spalte steht, und den Fischer darstellt, wie er der Frau des Pharao den kleinen Moses in einem Lädchen (ledelln) überreicht.

Indem ich dem ehrenwerthen Geschichte-Vereine dahier, zumal dessen thätigen Ausschuß-Mitgliedern, Kustos Föringer und Sekretäre Brand, für die mir gewährte Unterstützung und Muße verbindlichst danke, wünsche ich nur noch, daß diesen Blättern, welche uns zuerst den Urtext des Eninkel boten, bald andre der nämlichen Handschrift folgen mögen!

M. $\frac{19.}{VII.}$ 1854.

K. R.

Anhang.

I. Sprüche der Väter.

Ibsteiner Bruchstücke.
Sieh Roth's Beiträge. I. 35.

(1. a.) — — -hif [1]) den rům.
Durch lob du můd' is [2]) nit!
gelobit dich iman idoch, [3]) irscrick,
Unde gedenke, daz du bis
5. ein mensche, sleis, wrme unde mist.
waz an dir gudis ist,
Daz ist godis gaba;
des saga ime gnada!
Waz du gudis dus, daz kumet uan gode,
10. war umbe solde man dich da uone lobin?
Din selbes lobis ingere nit;
lobit man got an dir, daz si dir lip.
Wen so wir lude lobin,
wenit er waris, der ist bedrogin.
15. **Sweme** [4]) der lop sanfda dut,
des gut-dat ist zu mazen [5]) gut.
Du sist ubel, oder gut,
fluch den (1. b.) lob, iz wirt dir gemut!
fluch den lob, er ist rovbere

20. allir gudin dede.
    Lob fizit an dir ftrazen[6]),
    di zu himele geit, unde lagit;
    Vnde hat manigene[7]) genůmen,
    da mide er zu himele folde kůmen.
25. Swer den himel-wec wil riden,
    der muz wider deme lobe ftriden.
    Swer fine gut-dat wil behaldin,
    der fal fi in fime hergen dragin.
    Swen fo der lob flehit,
30. der fal fich bit omutdikeide werin,
    wie

             Gregorius[8]).

Sprichit[9]) iman, du fift gut,
nit uber hebe dinen můt!
Swer dich lobe, oder weme du wole ge- (2. a.)
                      vallis;

    du falt furhtin[10]) alliz,
35. daz du deme miffeuallis it,
    der din herce ane fihit.
    wir loben nach den ovgen,
    got lobet nach hercen-dovgen.
    Lob fwer in gerne hat,
40. er nimit ime, waz er gudif hat.
    Lob ift dif divfilis[11]) ftric,
    da mide er dode[12]) feit.
          Gregorius.
Lob[13]) ift guder dede lon,
fwer di dut durch lobis rům;
45. Deme der lob nit lib in ift,
    fwi man in lobe, er in uellit nit.
    Sweme der lob beginnit libin,
    der wil alle fine gut-dat firlifen.

Salomon.

Sagis [14] du etwanne dine gut-dat,
50. du imanne gebis rat;
Din gut-dat ift (2. b.) ferloren nit.
falomon alfuf quit:
„Ferborgen wifheit, unde ferburgen gut,
war zu fint di zwei gut?
55. waz dovch ein bůrnende liht [15],
fun deme niman gefihit?"

In allir diner gut-dat fmahe den lob,
fo lobit dich nach deme dode got.
Lob ift nach deme dode gut,
60. fo machit er nit ober-můt.
Swer dot ift, unde doch lebit,
deme wil ich den rům geben.
Werlitliche wnna unde fchonheit
loben ich nit, wande fi zu gent [16].
65. Woft' ich, wer zu himele queme,
den wolde ich loben, unde niman me.
Alle, di wollent geuallen [17] gode,
di hůden — — — — — — —

Lůde.

(3. a.) — — — ovch dut.
70. Ane andere gude werc
ift fafta luzil fchazis wert.

Yfidorus.

Swer [18] faftit, unde dut doch bofe dat,
der folgit deme divfile [19] nach,
der ni brodis inbeiz,
75. unde birnit doch durch ander fine bofheit.
Adam faftende in deme paradyfe was,
man dreip in druz, do er gaz.

Du in habif maza an der fpifen.
du firlufif daz paradŷfe.

80. Zemal oder zwirint gezin, ift godelich;
driftunt ift menflich, dickir ift fihelich.
Swer fiheliche lebit,
deme fal got fihis lon gebin.
So du di hant ie dikir zu deme munde bûdlf,

85. fo du adamis fundin ie dicker (3. b.) irnu-
                                                wis,

Gregorius.

Der [20]) unf half in dife not,
unde [21]) fine hant unzitliche zu deme munde
                                                bot.

Gregorius.

Ezin [22]) dicke unde gnuc,
fwer daz alle zit dut,

90. ane gefte unde ane fichedagin,
der muz got zu eime fiende habin.
Durch fichedagin
iz in godif namin!
Swer fleis odir win

95. durch got lezit fin,
Der urdeile den nit,
der iz izit unde drinkit.
Dikeine fpife ift nit firboden,
der iz izit, der dank' is gode!

100. Der des abir nit in dut,
iz ift ime an der felin gut.
Swer fo dut alle dinch,
di ime geürlobit fint;

Gregorius.

Der [23]) in mach nit lange ften,

105. er (4. a.) muz uzir wege gen.

Einode ift zu bedene gut,
er wírt is [24]) dicke gemut.
Der undir file luden ift,
der kere alle finen lift,
110. Er bedet nit, alfo er dede,
ob er enode hede.

Gregorius.

Swer wola bedin wil,
der muz di werlit-frouwada flihin.
Wande alle wertliche dinc,
115. di man dut, horit, odir fihit,
Odir iovch hiuore dede,
daz mŷwit An deme gebede.
Biz er gedenkit hina unde dara,
fo ift ime daz gebet inpharin.
120. Laz alle ûppekeit,
dich befwerit gnuc din felbes fleif!
Firdrŷz, drakeit unde flaf machit,
daz du daz gebet dicke laft [25]).
Der flaf ift (4. b.) ein michil mûefal
125. deme, der da bedin fal.
So man frûha uf fal ften,
unde zu deme gebede fal [26]) gen;
So ift der dûifel [27]) da bihalbin,
unde ftrichit fine falbin
130. ubir di ovgen, unde quit:
,,lige ftilla, iz ift noch nit zit!
Rûwe noch eine wila,
wi warm hi ift!`` Bi der wilen
rûfet der hana: ,,iz ift dac!``
135. fo bedet man danne, alfe man mach.
Sanfda [28]) unde warma ligen,
fat gedrunkin [29]) unde gaz,

3 *

di drû dinc brüden den flaf.

Man inkan fich des flafif [30])
nimir baz irwerin,

140. danne bit unfanfda ligene,

unde bit feniene.

So der hunger dobit in deme magin,

So muz der flaf — — — — — —

I.

1) Ergänze: „daz du flu-."

2) b. h. „aus Lob begehre biffen (des Ruhmes) nicht!" Vergl. unten (18., 44., 99. u. 107. B.).

3) Hier fteht ifc in der Hf., ift aber als Schrbf. roth durch= ftrichen.

4) Das Anfangs=S ift roth.

5) So die Hf., offenbar finnwibrig; man erwartet: „zu nihte."

6) Das e ift aus 1 gebeffert, doch von berfelben Hand.

7) So die Hf. ft. manigeme.

8) Diefe Überfchrift ift roth, ebenfo die folgenben.

9) Das Anfangs=S ift groß und roth, mit grünen Verzierungen.

10) Hf. furftin, Schrbf.; vergl. unten (30. Anm.).

11) So die Hf.; vergl. unten (19. u. 27. Anm.

12) Die Silbe de ift abgerieben.

13) Das Anfangs=L ift roth, doch von gewöhnlicher Größe.

14) Das Anfangs=S ift roth, doch wie oben.

15) Hf. lith, Schrbf., wie öfters. Dahinter fteht uö, ift aber roth durchftrichen.

16) So die Hf.; der Reim forbert geit. Vergl. ben 22. B.

17) An diefem Worte ift hinten ein t ausgefratt.

18) Der Schriftmaler zeichnete hier irrig ein großes rothes U (ft. S) ein.

19) So die Hf.; vergl. die 11. und 27. Anm.

20) Das Anfangs=D ift grün; diefes Wort bezieht fich übrigens auf Abam.

21) Hf. fünde, Schrbf.

22) Das Anfangs=E ift roth.

23) Das Anfangs=D ift grün.

24) Hſ. iſt, Schrbf.

25) Der Reim fordert luziſt.

26) ſal iſt als unnöthig zu ſtreichen.

27) So deütlich die Hſ.; vergl. den 41. u. 73. B.

28) Das ſ iſt übergeſchrieben, doch von derſelben Hd.

29) Für die Silben-unkin ward zuerſt leerer Raum gelaſſen; dann wurden ſie mit rother Tinte nachgetragen, von der-
ſelben Hand, wie es ſcheint.

30) Hſ. ſlahiſ, Schrbf.; vergl. die 10. Anm.

II. Triſtrant.

Sieh a) Hoffmann's Fundgruben I. 231.;
b) Roth's Beiträge VI. 47.

(a) da wart[1]) abir wol ſchin, = *Cgm. 5249*[(31.]

daz der herre triſtrant

waſ ein chvone wigant.

er gedaht', er wold' ſinen lif

5. wagen vmb daz magedin,

vnd ioh durh den willen,

daz die ſin geſellen

def baz gedingen mvoſen;

vnd ſold' er den lip verlieſen,

10. daz tæte er vil gerne von dem wvrme[2]),

den er an wer ſturbe.

Zehant[3]) def morgenf vruo,

do wafenot ſih dar zvo

triſtrant der helt guot

15. vil hart vlizichliche,

vnde reit vil manliche;

wan er waſ ein chvon degen.

aleine reit er after. . . .

(b.) — — ſvert in der hant;

20. ioh brant der ſerpant

daz roſ vndir im zeſôt.

an lief in der helt guot,
er hiv in vil vaste
mit dem besten sahse,
25. daz inchein sin genoz truoch.
sva man iz mit zorne fluoch,
dar ne mohte nivht vor bestan.
der helt do den sich genam,
den chovft er vil tivre;
30. wan er was von dem fivre
nah ze tode uerbrunnen.
er sneit im vz die zvngen,
vnd stah si in sin hosin.
do chert' er gegen einem mose,
35. da wold' er sih chvolen;
do wart der schone
von dem fivre . . . . . 4)

II.

1) Hs. war, Schrbf.
2) Das v ist übergeschrieben.
3) Das Anfangs-Z ist roth.
4) Obige Verse stehen auf dem obern Drittel eines perg. Oktav-
blattes, welches ich im J. 1851 vom k. Oberlieutenante
Schuegraf zu Regensburg erwarb. Sprache und
Schrift gehören dem Ende des 12. Jh. an; die Verse sind
nicht abgesetzt, sondern nur durch Punkte unterschieden; so-
wohl hinten, als vorn, sind uns auf diesem Blättchen 8 Zei-
len erhalten; die Anfangsbuchstaben der Abschnitte (eines)
sind roth, die Schriftzüge überhaupt stark und deutlich.
Das w ist zwar noch vv, doch sind beide v schon nah' an
einander gerückt; man sieht also deutlich das Ende des 12.,
oder den Anfang des 13. Jh. an diesem Bruchstücke.
Es liegt uns hier das Heldengedicht Tristrant vor,
dessen Verfasser Eilhart von Oberg ist; dieser erscheint in den
J. 1189—1207 urkundlich, und war ein Dienstmann Hg. Hein-

ri ch'e des Löwen. Unser Oktavblatt (wär' es ganz) gehört
also zu den 4 Oktavblättern, welche Professor Hoffmann im
J. 1821 zu Magdeburg entdeckte, und im J. 1830 wiederholt
abdrucken ließ; sieh oben. Möge Hr. Schuegraf bald weitere
Reste dieser untergegangenen Dichtung aufspüren!

III. Wirzburger Urkunde. 1388, 25. Aug.

Wir Bruder Johans Mercklin[1]), Comen-
tûr, vnd die Bruder gemeinclichen In dem hufe
zu wirczburg[2]), fant Johans Ordens, des
heiligen fpitals von Jerufalem, Bekennen vnd
tuen kunt offenlichen an difem brief allen den,
die In fehen, oder horen Lefen, Daz wir vnd
alle vnfer nochkumen Recht vnd redlichen fchul-
dig fin vnd gelten fullen Den Erbern Herren,
Dem Techant vnd dem Cappitel gemeinclichen
Des ftifts zum Tueme zu wirczburg, vnd allen
iren nochkumen, vier vnd Neünczig pfunt heller,
geber vnd guter, wirczburger werunge, vnd
Ein halp fuder wins, von verfezzener zinfe[3])
vnd gülte[4]) wegen, die wir In fchuldig fint, vnd
verfezzen haben, on geuerde.

Dorvmbe fo haben wir gelobt, vnd geloben
an difem brief mit guten trûwen, on geuerde,
für vns vnd für alle vnfer nochkumen, Dem Te-
chant vnd dem Cappitel des vorgenanten Stifts
vnd iren nochkumen, die vorgefchriben fchulde
gûtlichen zu gelten vnd ze geben genczlichen vnd
gar vff die zit vnd zil, als hernoch gefchriben ftet.

Des erften fullen wir In gelten vnd geben
daz vorgefchriben halp fuder wins zu difem neh-
ften herbft, Mit der mozze vnd gewonheite,
als wir In den win von alter her gereicht vnd

gegeben haben; vnd die vorgefchriben vier vnd
Neûnczig pfunt heller fullen wir ln auch gûtli-
chen gelten vnd geben vff fant Peters tag, als
er vffen ftuel gefeczt warde[5]), der auch aller
fchierft kûmet, on iren fchaden, on geuerde.

Dorvmbe feczen wir ln zu Bûrgen die Er-
bern lute, die hernoch geschriben ften, vnuer-
fcheidelichen. Alfo were, daz wir, oder vnfer
nochkumen Dem Techant vnd dem Cappitel des
vorgenanten Stifts vnd iren nochkumen die obge-
fchriben fchulde genczlichen nicht engeben vnd
vergûlten vff die zil vnd ln der wife, als vor-
gefchriben ftet; wann die hernoch genanten Bûr-
gen dann werden gemant noch Jeglichem vorge-
nanten zil von dem Techant, oder von dem Cap-
pitel des vorgenanten Stifts, oder von iren noch-
kumen, mit boten oder mit briefen; — So fullen
fie on alles fûrgezoge vnd vmbeclagter dinge
lnfarn vnd Leiften zu einem offen wirte in
wirczburg, den man ln benennet, vnd fullen
leiften mit iren felbs Liben, ob fie wollen; oder
lr Jeglicher der ftelle einen knecht, oder ein
pfert, an fin ftat zu Leiften vff vnfern vnd vff
des vorgenanten hufes fchaden, als Lange, Biz
daz wir ln die obgefchriben fchulde vergolten
vnd bezalt haben genczlichen vnd gar vff die zil
vnd ln der wife, als vorgefchriben ftet, on iren
fchaden, on geuerde.

were auch, daz der hernoch genanten Bûr-
gen dheiner abgienge, vom Lande fûre, oder
ftûrbe; So fullen wir ln fe als ofte einen an-
dern als guten burgen feczen, ln vier wuchen
noch dem, fo wir des gemant werden.

Teten wir des nicht, werden die andern
Bürgen danne gemant; So fullen fie leiften In
der wife, als vorgefchriben ftet, fo Lange, Biz
daz ein ander als guter bürge zu In gefeczt
wirt. Ob auch der leiftende[6]) knechte oder
der pferde fich dheins verczert, oder abget In
der leiftunge; welches bürgen daz gewefen ift,
der fol le als ofte einen andern knecht, oder
ein ander pfert wider ftellen vnd antwurten
In die leiftunge an der abgangen ftat vnuer-
zogelichen.

wir geloben auch die hernoch genanten Bür-
gen gütlichen zu ledigen vnd zu löfen von difer
burgfchaft on allen iren fchaden.

Difer vnd aller vorgefchriben dinge zu einem
gezügniffe vnd woren vrkünde, fo haben wir
Bruder Johans Merklin, Comentur, vnfer
Eygen Infigel, vnd auch des obgenanten hufes
Infigel, Beide gehangen an difen brief.

So fint dicz die Burgen, von den vorgefchri-
ben ftet:[7])

Her friderich zürn[8]), Corherre zuem
Neuwen Münfter zü wirczburg; heincz
Eyfprecht[9]) vnd heincz Bröplin[10]), Bür-
gere zu wirczburg.

vnd wir, die Jeczgenanten Bürgen, Beken-
nen, daz wir alfo burgen worden fin vnuerfchei-
delichen; vnd wir haben gelobt, vnd geloben an
difem briefe mit guten trüwen, on geuerde, zu
leiften vnd ze tuen In der wife, als hievor ge-
fchriben ftet. vnd des zu vrkünde fo haben wir
vnfere Infigele auch gehangen an difen brief,
Der geben ift nach vnfers Herren Crifts geburt

drûczehen hundert Jare, vnd In dem achten vnd achczigſten Jare, am nehſten dinſtag[11]) noch ſant Bartholomeus tage.[12])

III.

1) Der Mannsname **Merklin** (ſo unten) lautet jetzt **Merflein** und **Merfel**; es iſt die Kleinform von **Markwart** (falſch: Marquard), urf. **Marahwart**, d. h. Gränzhüter. Sieh Beitr. II. 64., auch Rozroh's Renner II. 98.

2) Das falſche **Würzburg** (es kömmt nicht von **Würze!**) darf nicht ferner geduldet werden. Hr. Dr. Ruland liefere uns bald die in Ausſicht geſtellten älteſten Formen dieſes Stattnamens! Vergl. Beitr. V. 210.

3) Alſo: der **Zins**, des **Zinſes**, die **Zinſe**, nicht: die **Zins** (weibl.) Mh. die **Zinſen**, wie in Buchen und anderswo; es kömmt vom lat. cenſus.

4) Man ſchreibe: die **Gült**, Mh. **Gülten**; nicht **Gilt** und **Gilten**, wie gewiſſe Beamte zu ſchreiben befahlen. Das Beiwort **gültig** ſollte **giltig** (eig. **geltig**) geſchrieben werden; doch ſchützt der Sprachgebrauch das ſeitherige ü. Vergleich unter-würfig (von werfen), und ab-trünnig (von trennen).

5) So die Urf. ſt. **wart**. Der Tag heißt ſonſt „**Cathedra ſ. Petri;**" es iſt der 22. Horn. Sieh: Calendarium chronologicum, ed. Ant. Pilgram (Viennae 1781. 4.), 180. S.

6) Lies **leiſtendem**; das Wort ſteht am Ende der Zeile.

7) Das Folgende iſt mit gröberer Schrift und bläſſerer Tinte, doch von derſelben Hand, geſchrieben; die 3 Zeugen mußten alſo erſt, nachdem Vorſtehendes aufgezeichnet war, für dieſe Zeugſchaft geworben werden.

8) Das Geſchlecht der **Zürne** blüht noch in Wirzburg; die älteſte Form war **Zurni**, was Abkürzung für **Zorngelt** iſt. Sieh Rozroh's Renner II. 90. Auch der Mannsname **Zorn** wird noch in Wirzburg (vielmehr Lengfurt) vernommen; vergleich den baier. Ortsnamen Lauſzorn (Pfarrei Oberhaching).

9) Der Mannsname **Eisprecht**, früher **Eispreht** und **Agis-peraht**, d. h. ſchrecklich ſtrahlend (wie ein Drache oder

Feüermann), fehlt bei Graff, und trat mir zuerst beim Mönche Eberhart S. 25. (nach Dronke) entgegen, wo ein gewiſſer Eisprecht dem hl. Bonifaz eine Schenkung zu Tollſtätt macht.

10) Wenn dieſer Name nicht verſchrieben iſt, ſo lautete er früher **Broppelin**, und unverkleinert **Broppo**; ich fand ihn nirgends. Er ſcheint nicht oſtfränkiſch zu ſein, ſondern plattdeütſch; dann iſt es unſer **Pfropf** (holländ. proppe), und **Bröplin** bedeütet demnach **Pfröpfchen**.

Der hier wiederholt erſcheinende Vorname **Heinz** iſt die gewöhnliche Abkürzung für **Heinrich** (urk. **Heim-rih**, d. h. Dorfbeherrſcher).

11) So lautet der Name dieſes Wochentages in allen mitteldeütſchen (d. h. düringiſchen und oſtfränkiſchen) Urkunden; man muß alſo jetzt **Dinstag** ſchreiben, nicht **Dienſtag**, oder gar **Dienſttag**, wie in unſern Kalendern ſteht. Sieh Hagen's Germania, 1. Bd. (Berlin 1836. 8.), 362. S.

Die Form **Dinstag** iſt übrigens halbplattdeütſch, und das n nicht wurzelhaft; im Süden ſollte man jetzt **Zistag**, d. h. „Tag des Kriegsgottes (urk. **Ziu**), ſchreiben. Vergleich noch Schmeller I. 96.

12) Die 5 Siegel fehlen; aber die Löcher derſelben ſind am untern Rande der Urkunde noch ſichtbar.

Schlusbemerkung.

Den Beſitz vorſtehender Urkunde verdank' ich der Güte des hieſigen Geſchichtsforſchers Ernſt Geiß, welcher mir dieſelbe am 20. Jän. 1841 vertauſchte; er hatte ſie vor geraumer Zeit im oberbaieriſchen Markte Troſtberg in einem — Käsladen gefunden. Dafür gab ich ihm eine iſener Urkunde vom J. 1317, welche meine Schweſter kurz vorher gefunden und mir geſchenkt hatte. Sie folgt hier gleichfalls, weil ſie noch unbekannt iſt; dermalen beſitzt ſie Hr. Domprobſt Dr. v. Deütinger.

Was die Beſchaffenheit der wirzburger Urkunde betrifft, ſo ſteht ſie auf einem dünnen Pergamentblatte, welches ungefähr 1 Schuh lang, und 1½ Sch. breit iſt; der untere Rand iſt (wie gewöhnlich) umgebogen, und für die Siegel 5mal durch-

ſtochen; dieſe fehlen natürlich längſt. Es ſind im Ganzen 26 Zei=
len, deren Schrift zwar etwas gelb, doch gut zu leſen iſt; die
Schriftzüge werden ſchon mitunter neümodiſch und flüchtig, und
nähern ſich ſchon der heütigen Schreibſchrift, welche bekanntlich
um's J. 1480 beginnt.

Dem löbl. Geſchichtsvereine zu Wirzburg ſei hier noch
kund gethan, daſs ich nicht abgeneigt bin, ihm dieſe Urkunde zu
überlaſſen.

IV. Jſener Urkunde. 1317, 9. Sept.

Ich R$\overset{e}{v}$ger von Pergorn[1]) vergiſch an diſem
brief, vnd tvon chunt allen den, di in leſent oder
hôrent leſen, daz Ich meinen ſechs chinden Ger-
dravten[2]), chvonraden, Diemvoden, Al-
brechten, Otten vnd volrichen[3]) von mei-
nen herren, dem hern Burcharten brobſt, vnd
Albrechten dem Techant, vnd allem Capitel
ze Iſen gewunnen han pavrecht vnd leipgeding
des Inwartz-æigens[4]) ze Pergorn, geſvocht
vnd vngeſvocht, mit ſôlichem geding, daz ſi alle
Jar an ſant Michahels tag da von dienen ſûl-
len dem Gotzhavs ze Iſen zwen vnd viertzich
Rengſpurger pfenning, ſwelichs ir daz vor
genant Inwartz-æigen pavt. vnd ſwenn ſi
ſechſev nicht enſint; ſo ſol daz ſelb Inwartz-
æigen dem vor genanten Gotzhavs ledichlich
wider heim gen, won[5]) ir erben dhein recht dar
an habent.

Daz daz alſo ſtæt beleib, han Ich R$\overset{e}{v}$ger
dem vor genanten Capitel diſen brief gegeben ze
einem vnzebrochen[6]) Vrch$\overset{?}{v}$nd[7]) mit meines her-
ren, ber[8]) Egelhans des chorherren vnd Guſters
Ingeſigel[9]) von Mozburch[10]), verſigelt.

Daz iſt geſchechen, do von Chriſtes gepẙrt warn Tavſent Jar, drevhvndert Jar, darnach in dem Sibenzechiſten [11]) Jar, an ſand Gorgonin tag, des Marterærs. [12])

IV.

1) Bergarn, Weiler im Lbg. Erbing, und in der Pfarrei Bockhorn, 7/4 St. von erſterem entfernt.

2) Das erſte r ſteht im d, man kann alſo auch Gedravten leſen; vergl. Beitr. X. 216.

3) Die Urkunde bietet V̓lrichem, Schrbf.

4) Urk. Inwatz, Schrbf.; unten ſteht es richtig. — Über das ſg. Einwärts=Eigen liefert Schmeller IV. 161. viele Belege, ohne jedoch den Begriff desſelben ganz feſtzuſtellen.

5) So die Urk. ſt. wan (früher wande und huanta), d. h. weil, indem.

6) So die Urk. ſt. unzerbrochenen.

7) Sollte urkünde heißen. — daz urkünde (früher daz urchundi) bedeutet Zeugniß, Beweis, nicht Urkunde im heutigen Sinne. Für Letzteres gebrauchten die Alten prief (vom mlat. breve, Mh. brevia); für Archiv (ohnehin barbariſch) muß alſo jetzt Briefhaus geſagt werden.

8) So die Urk. ſt. hern, wie öfters vor Mannsnamen.

9) Die Urk. bietet Ingel, Schrbf.

10) So die Urk. fehlerhaft ſt. Mosburch, früher Moſaburch und Moſapurch (d. h. Sumpfburg); ſieh Beitr. X. 232., und Mon. boic. XXVIII. 1. 109.

Die Statt Mosburg liegt bekanntlich in einer tiefen, vormals ſumpfigen Gegend, zwiſchen der Amber und der Iſer, kurz vor der Mündung jener in dieſe, und iſt von einem Arme der letztern durchfloſſen.

11) Der Schreiber dieſer Urkunde verband ungeſchickter Weiſe 2 Zahlformen (nämlich 17 und 70), weßhalb es zweifelhaft ſcheint, ob 1317, oder 1370 die rechte Jahrzahl iſt. Aber nur **1317** iſt richtig; den ſoeben [31. Aug.] theilte mir Hr. Dir. Rudhart die iſener Urkunden des 14. Jh. mit, in welchen Probſt Burchart unter den J. 1306, 8, 12 und 16 erſcheint.

12) Das Siegel fehlt, wie natürlich. Außen steht von einer Hand des 14. Jh.: „Ruger von pergorn;" darüber von einer Hb. des 16. Jh.: „Hagen," d. h. Hagensis? Rechts darneben und darunter heißt es von derselben neuen Hand:

„Vmb ain gutl da selbs; ist geschriben in das new Reuerfs-puech folio 32. etc.

Hager Herfchafft. 1370."

Wo liegt jetzt dieses „neue Reversbuch"?

Schlußbemerkung.

Obige Urkunde, welche im Ganzen 11 Zeilen enthält, fand Frau Maria Barbara Hilbolb (geb. Roth), Aufschlägersgattinn zu Isen, im Sommer d. J. 1840 in einem Hause des vormaligen Kollegiatstiftes zum hl. Zeno daselbst, und brachte mir sie am 17. Aug. desf. J. nach München, worauf ich sie (wie gemeldet) dem Geschichtsforscher Geiß tauschweise überließ, durch welchen sie Hr. Domprobst v. Deütinger als Geschenk erhilt; auch dieser fun= tige Forscher entschied sich damals für die Jahrzahl **1317.**

Noch sei bemerkt, daß ich durch Hrn. Schuegraf noch eine andre Urkunde von Isen erwarb, welche ich gelegentlich mit= theilen werde.

V. **Mark** von **Schlitz.** 812, 20. Sept.
Abschrift aus dem 12. Jh.

1. Hæc est terminatio ecclesiæ Slitife, in qua iacet capella, quæ vocatur Luderenbach.

Est quidam lapideus pons inter Landenhufon & z'Angeresbach; ibi incipit de illo ponte usque ad fontem, qui est in villa, quæ vocatur Ungefuores; de Ungefuores ad Sterrenrode, de Sterrenrode ad Libolfes; deinde usque in filvam, quæ vocatur Musles; de Musles usque ad Linberg, de Linberge usque ad Wighardes; inde ad fuperiorem Luderenbach, de fuperiore Luderenbach usque in ri-vum, qui est ad Hevenoldes, de illo rivo furfum usque ad illum locum, qui vocatur **Warta**, de **Warta** usque ad caput **Holenbaches**; inde deorfum usque in **Sualmana**, & per illam deorfum usque ad tumulum, qui eft infra molendinum, qui eft **Ruobrahdes**; de illo tumulo usque ad publicam **ftratam**, de illa furfum usque ad arborem, quæ vocatur **linda**; inde recte in **Antrefa**, de **Antrefa** usque ad **Fronerot**, de **Fronerot** usque ad **ftratam**; inde deorfum usque in **Breidenbach**, de **Breidenbach** usque ad **Elbwines rode**, de **Elbwines rode** inferius usque in **Uchenbach**, de **Uchenbach** deorfum usque ad **Antrefa**, de **Antrefa** in **Luzzelaha**, de **Luzzelaha** usque ad **hegenecden** [l. h—ehten] **Berg**; inde ad **Liderbach**, de **Liderbach** usque ad **glichen Bucholon**, de **glichen Bucholon** usque ad **Wolfhelmes brunnen**, de illo deorfum usque in **Sualmana**, de **Sualmana** furfum usque ad **Breidenbach**, de **Breidenbach** furfum usque ad **ftratam**, de illa ftrata usque ad **Regenboldes rode**, de **Regenboldes rode** usque ad **Engizen houge**, inde usque ad **Efginebach**.

Reginhart, **Otto**, **Hunger**, **Othelm**, **Maio**, **Gerlah**, **Thiotrih**, **Ratbot**, **Brunhart**, **Othelm**, **Wonatheri**, **Meginheri**, **Hadabrant**, **Afolf**, **Otgrim**, **Lantolt**, **Thiotrih**, **Hrocolf**, **Adalhram**, **Egolf**, **Waltbraht**, **Folcrih**, **Liuto**, **Rihbraht**, **Terminar** [l. **Irminmar**], **Adalman**.

𝔓𝔦𝔰𝔱𝔬𝔯𝔦𝔲𝔰 **Tradit. fuld.** 497. ℭ.

2. De dedicatione et terminatione ecclefiae, quae eft in **Slitife**.

Anno ab incarnatione domini dccc. xii. dedicata est ecclesia in Slitise rogatu Baugulfi [l. Ratgerii], abbatis fuldensis monasterii, a Richolfo, venerabili archiepiscopo moguntinensis ecclesiae, xii. kal. Octobris, in honore scae. Margaretae virginis.

Haec est autem eiusdem ecclesiae terminatio, ecclesiastica sanctione corroborata.

A lapideo ponte, qui est inter Lantenhusen et z'Angeresbach, usque ad fontem, qui est in villa, quae dicitur Ungefures; inde ad Sterrenrot, inde ad Libolfes; inde ad villam, quae vocatur Musles, inde ad Linberg, deinde ad Wigandes, inde ad superiorem Luterenbah; inde ad rivum, qui est ad Hunoltes; deinde ad locum, qui vocatur Warta, de Warta ad caput Holenbaches, inde deorsum usque in Sualmanaha; inde ad tumulum, qui est infra molendinum Ruprahdes; inde ad publicam stratam, inde deorsum usque ad arborem lindam, inde ad Antresa, inde usque ad Fronerot, deinde usque ad stratam publicam, inde usque ad Breitenbah, inde usque ad Elbwines rot, deinde usque in Uchenbah, inde usque in Liederbah, inde ad Wolfhelmes brunnen, inde deorsum usque in Sualmanaha, deinde in Breitenbah, inde sursum usque ad stratam, inde ad Regenboldes rot, deinde ad Engezen houc, inde usque ad Esgenbah.

Eberhart 18. (bei Dronke), ober I. 174. b. und 175. a. der Handschrift zu Fulba; vergleich auch Schannat Buchon 375., und Wenck II. 400. ᴎ).

Geendet zu München, am 4. Sept. 1854.
Gedruckt zu Stattamhof bei Joseph Mayr.